# L'ISTHME DE SUEZ

A SON ALTESSE

## MOHAMMED SAÏD PACHA

VICE-ROI D'ÉGYPTE

PARIS

TYPOGRAPHIE DE HENRI PLON

IMPRIMEUR DE L'EMPEREUR

8, RUE GARANCIÈRE

——

1857

# L'ISTHME DE SUEZ

A SON ALTESSE

## MOHAMMED SAÏD PACHA

VICE-ROI D'ÉGYPTE

PARIS

TYPOGRAPHIE DE HENRI PLON

IMPRIMEUR DE L'EMPEREUR

8, RUE GARANCIÈRE

1857

# L'ISTHME DE SUEZ

Quand à ses valeureux enfants,

Pour décerner un noble hommage,

La guerre, en souvenir de leurs jours triomphants

Sur le marbre ou l'airain les transmet d'âge en âge,

Le progrès, haut enseignement,

Dont la marche est indéfinie,

N'élèvera-t-il pas aussi son monument,

Consacrant de la paix le glorieux génie,

A ces dieux de l'humanité,

De qui toujours le front rayonne?

Ils porteraient ensemble à la postérité

Leurs titres et leurs noms sur la même colonne!

Palladium des nations,

Panthéon des apothéoses,

Universel faisceau des illustrations,

Emblème couronnant la plus sainte des causes,

❃ 4 ❃

Ce grandiose souvenir,

Les pieds sur le centre du monde,

Admirable trophée offert à l'avenir,

Laisserait à son siècle une empreinte profonde!

L'époque n'est pas loin de nous

Où, réalisant ce beau rêve,

Un pacte d'unité doit nous rallier tous;

La tâche est commencée, il faudra qu'on l'achève;

Car sous la coupole du ciel,

Active en sa persévérance,

L'industrie, à grands pas, vers un but solennel,

Pousse un monde en travail, radieux d'espérance!


Oui! de l'humanité je vois le monument

Où de la base jusqu'au faîte

Retentira l'hymne de fête!

A ce vœu quel écho répond en ce moment!...


Il viendra, ce grand jour! de contrée en contrée,

Aux effets imprévus la terre est préparée,

La vapeur et les flots meuvent esprits et cœurs,

De la lutte engagée on attend les vainqueurs;

Japon, Abyssinie, Australie et Caucase,

Sont là comme à l'affût d'une nouvelle phase;

L'Amérique est à l'œuvre entre un double Océan,
La Russie en un jour fait un pas de géant ;
Turin, Vienne, Amsterdam et Venise la belle,
Répondent à l'élan qui partout se révèle !
Malte, Gênes, Marseille, aux maritimes bords,
Préparent leurs marchés, élargissent leurs ports,
Sous le ciel de l'Asie, en Afrique, en Europe,
Partout, alors qu'un germe heureux se développe,
L'Égypte à de vieux fils tendant ses bras puissants,
Se livre avec transport aux flots envahissants !

Égypte !... à ce seul nom, de l'oubli des vieux âges,
On voit déjà surgir, palpitantes images,
Ces palais merveilleux que le temps a brisés,
Et ces champs primitifs par le Nil arrosés.
On s'arrête pensif au pied des Pyramides,
Témoignage éternel de souvenirs splendides ;
On foule avec respect un sol religieux,
Le berceau des savants, du soleil et des dieux !

Salut ! vieilles cités, dont le grand nom résonne !
Salut ! Thèbes, Memphis, deux sœurs de Babylone,
Alexandrie, au front toujours majestueux,
Temple de Sérapis, aux marbres somptueux,

Obélisques géants, sphinx hiéroglyphiques,
Granits portant encor de poudreuses reliques,
Et toi, foyer perdu de science et d'esprit,
Trésor prodigieux pour l'univers écrit,
De fertiles moissons précieuse semence,
Vaste champ du savoir, bibliothèque immense,
Égypte, où s'inspiraient Pythagore, Solon,
Préférant ta science à la voix d'Apollon,
Ne sortant de ton sein pour instruire la Grèce,
Que ravis de ta gloire et plus forts de sagesse,
Terre des Pharaons, magique souvenir,
Au reflet du passé dois-tu te rajeunir,
Ou, sans jeter au vent ton linceul millénaire,
Dois-tu, sur notre globe où tout se régénère,
Te rasseoir immobile aux marches de granit
Des hardis monuments que la gloire te fit?...
Non!... tu rayonneras, toi qui fus la première
A répandre si loin l'éclat de ta lumière,
Toi, qu'illustraient aux yeux de l'univers surpris
Tes ancêtres Ménès, Ptolémée et Mœris!
Toi, rivale autrefois de Tyr et de Carthage,
Soleil resplendissant des jours du premier âge,
Ta mission est grande, à toi de la remplir,
Car ton ère nouvelle est près de s'accomplir!...

*※* — 7 — *※*

Ce n'est pas vainement qu'Athènes, Sparte, Rome,
Furent au premier rang des cités qu'on renomme!
L'écho nous parle encor de leur célébrité:
Que de trésors cachés dans leur antiquité!...
Ainsi de toi, vieil arbre aux nerveuses racines:
Pendant que sur ton sein parsemé de ruines,
L'explorateur devant les restes d'un vieux fût
Arrête avec bonheur ses pas sur ce qui fut,
On rencontre partout l'intelligence avide
De savoir où le fil des sciences la guide;
Heureuse si le temps, par des soins assidus,
Peut lui donner la clef de tes secrets perdus:
Cet art de pénétrer l'effet de la lumière,
Dont la vertu magique animant la matière,
Faisait chanter Memnon au lever du soleil,
Voix qui de la nature annonçait le réveil,
Et ces oiseaux d'airain qui traversaient la nue,
Par une invention de nos jours inconnue;
Ces leviers soulevant des blocs prodigieux,
Montagnes qu'on taillait pour les temples des dieux;
Et la tour de Pharos, et ce lac d'abondance,
Gardant les eaux du Nil comme une providence;
Et ces vaisseaux légers, s'élançant dans les airs,
Comme l'aigle planant sur les monts, sur les mers,

❊ 8 ❊

Qui par un vent propice étendant leurs antennes
Pour un train de plaisir aux régions lointaines,
S'ils nous étaient rendus, glorieux messagers!
Au monde annonceraient qu'il n'est plus d'étrangers[1].

Comme l'enthousiasme exalte les poëtes,
La fièvre de l'idée entraîne mille têtes;
Que de chercheurs féconds, avant d'être inventeurs,
De procédés nouveaux sont les instigateurs!
La moindre découverte est lente et difficile :
A-t-on toujours extrait l'argent pur de l'argile[2],
Et doit-on à l'esprit de vulgaires mortels
La machine à percer les roches des tunnels?
Mystères merveilleux cachés dans la nature,
Vous n'échapperez pas à l'humble créature.
Tel Prométhée alla d'un vol audacieux,
Par un sublime effort, ravir le feu des cieux,
Tel le penseur, certain de la voir fécondée,
Au bout de l'infini va chercher une idée!
C'est son rêve, sa vie, il la poursuit toujours;

[1] D'après une ancienne tradition, on a supposé que la navigation aérienne fut connue des Égyptiens et des Assyriens. On retrouve aujourd'hui la même tradition chez les Chinois.

[2] L'aluminium.

## ❋ 9 ❋

Pour une découverte il consume ses jours,
Interrogeant ici les lois de la physique,
Il parle sous les flots par le fil électrique;
Là, courant sur le rail, par un autre moteur,
Plus prompt pour la machine et son générateur,
A l'air il ouvre un tube, où, dans sa violence,
Un piston le comprime, et le wagon s'élance!
Après l'aérostat et le chemin de fer,
Ailleurs creusant le sol au niveau de la mer,
Ingénieur, il veut que ses vagues dociles
Par de larges canaux pénètrent dans nos villes!
Ou, si n'osant rêver des plans aventureux,
Dans un art plus modeste il forme d'autres vœux,
Moderne Parmentier, il cherche si la plante
A le suc nourricier, la sève succulente;
Par lui les animaux à ses soins confiés
Dans un but producteur sont mieux étudiés;
L'homme, de l'inconnu poursuivant le mystère,
S'il n'a le point d'appui pour soulever la terre,
Sait que par son génie un jour la transformant,
Elle resplendira des feux du firmament!


Cependant, à Suez une œuvre solennelle
Tient le monde attentif à la voix qui l'appelle.

Quel esprit méditant un gigantesque plan
Provoque à ce projet l'universel élan,
Et par de grands travaux mûris aux longues veilles,
Promet l'avénement d'étonnantes merveilles?
De Péluse à Suez, par le sable couvert,
Un isthme jusque-là restait morne et désert;
Route des pèlerins et des marchands suivie,
Sous un soleil brûlant s'y consumait la vie,
Et voilà qu'à sa place un fleuve fécondant
De l'Orient lointain rapproche l'Occident.
Où soufflait le simoun va s'enfler une voile;
Des plages du Levant l'horizon se dévoile;
Ralliant par ses flots à deux golfes unis,
Odessa, Liverpool, et Lahore, et Tunis,
Urne d'or, ce beau fleuve épandra la richesse!

Mais pendant que l'Égypte à son œuvre s'empresse,
En nivelant deux mers, sources de grands bienfaits,
Verra-t-elle en tous lieux l'olivier de la paix?
Les temps sont-ils venus d'effacer les distances,
D'unir les nations par des rapports immenses?
L'ère de l'industrie, éclatante pour tous,
Conduit-elle le monde à des destins plus doux?
La volonté de Dieu se cachait-elle aux hommes?

Pourquoi cette tendance à l'époque où nous sommes ?
Était-ce bien la part de notre humanité,
Qu'en un cercle de fer son essor arrêté
La tînt comme Ixion sur la roue éternelle,
Sans qu'un rayon d'espoir se fît jour autour d'elle?...
Non ! l'histoire pour guide et l'œil dans le passé,
Suivons par le progrès l'espace traversé.
Sous les feux du soleil quand la famille humaine,
De quelques coins du globe habita le domaine,
La naissante tribu finit par découvrir
Que la terre portait le grain pour la nourrir.
Bientôt, sous les efforts d'une heureuse culture,
Des fruits amers on vit s'adoucir la nature;
Le globe en se peuplant dispersa les humains,
De l'un à l'autre pôle on ouvrit des chemins;
Le temps aida, le temps dissipa l'ignorance,
Le bien, d'un bien plus grand fit naître l'espérance;
De tout siècle un flambeau vint éclairer les pas,
Apportant la lumière où l'on ne voyait pas;
Et comme des jalons plantés à chaque étape,
Jason, Minos, Chiron, le maître d'Esculape,
Hippocrate, et Lycurgue, et Socrate, et Platon,
Tous astres rayonnants, précurseurs de Newton;
Guttemberg et Colomb, Copernic, Galilée,

Sublimes éclaireurs dans leur marche étoilée;
Kepler, Riquet, Franklin, Volta, Jenner, Papin,
A d'autres éclaireurs indiquaient le chemin,
Où d'autres après eux rayonneront encore
Au splendide soleil qui doit les voir éclore.
Telle est la sainte loi du grand Ordonnateur,
De son siècle un génie exhausse la hauteur;
A la marche du temps s'enchaîne sa venue,
La race en est féconde et Dieu la continue,
Comme voulant, par droit de souveraineté,
La rapprocher un jour de sa divinité!


Or, parmi ceux à qui Dieu, dans sa prévoyance,
Donna la volonté, la force, la science,
Et qui, par le courant de l'époque entraînés,
Sous la main du Très-Haut semblent prédestinés,
Est un de ces élus qu'avec bonheur on cite.
L'heureux nom de Saïd au bien de tous l'excite,
Et Lesseps secondant le moderne Mœris,
Quel succès de son œuvre un jour sera le prix?
A la mer Rouge unir la Méditerranée,
C'est transformer le globe avec sa destinée;
Idée harmonieuse étendant ses accords
Sur tous les continents échangeant leurs trésors!

Suez, par ton bosphore, et l'Europe, et l'Afrique,
Bientôt donnant la main au sol asiatique,
Espagnols, Abyssins, Turcs, Grecs, Anglais, Français,
Dans l'Inde aborderont par un facile accès;
Bombay, Madras, Ceylan, Singapour, les Maldives,
Se confiant aux flots sur des nefs plus actives,
Par un trajet rapide arrivant sans efforts,
Viendront de leurs produits alimenter nos ports!
Suez! pour l'avenir favorable présage,
Que ne devra-t-on pas à ton heureux passage!
Quel appât séduisant aux plus vastes désirs!
Richesses de Golconde, et rubis, et saphirs,
Agates de Siam, perles de la Baltique,
Vins de Bordeaux, de Chypre, et doux fruits de l'Attique,
Fourrures de Russie et métaux allemands,
Diamants du Bengale ou trésors des Birmans!
L'Égypte aux bords du Gange enverra son porphyre,
La Suède son fer, — les schalls de Cachemire,
La laine du Thibet, les tissus de Nankin,
Les verres de Bohême et le cuir marocain,
L'acier de l'Angleterre et les tapis de Perse,
D'Occident, d'Orient, fécondant le commerce,
D'intérêts généraux immense attraction,
N'auront pour but qu'un mot : Civilisation!

Et cet événement de l'Égypte nouvelle
Éclate en même temps que l'ère universelle,
Où la nature et l'art rivalisant de prix,
Sont ensemble exposés à Londres, à Paris !
Admirable concours, suffrage tributaire
A la fraternité des peuples de la terre,
Sublime fusion d'unanimes progrès,
Des volontés du ciel pacifique congrès !


Qu'on ne parle donc plus de miner les murailles,
Qu'on n'exalte jamais la gloire des batailles,
La guerre trop longtemps moissonna des lauriers.
Plus de mères en deuil pleurant à leurs foyers !
Que l'on n'érige plus d'homicide colonne,
Que le cultivateur du champ que Dieu lui donne,
Soutien de sa famille et gardant son honneur,
N'entende retentir que l'hymne du bonheur !
Oui ! c'est le vœu de tous, dans les champs de l'espace
La vapeur nous entraîne aux sillons qu'elle trace,
Et le génie humain, par ses inventions,
Satisfait aux besoins des générations !
« Alerte ! a dit Saïd, honte à qui rétrograde !
» De l'erreur des vieux temps le monde était malade ;

» Dans sa limite étroite il mourait renfermé,
» Élargissons l'espace, il sera transformé ! »


Gloire à toi, Mohammed, quand sa splendeur perdue
Par ton génie actif à l'Égypte est rendue !
Gloire à l'isthme de sable et de stérilité
Qui te devra la vie et la fécondité !
A toi par qui déjà, mère de l'industrie,
La vapeur de Suez rapproche Alexandrie ;
A toi que sur les mers, au murmure des flots,
Chantent avec amour les hardis matelots !
Quel pays, à ta voix, n'ouvrirait sa frontière !
De son grand Roi l'Égypte a le droit d'être fière
Et de le proclamer, dans ses jours solennels,
Comme un beau nom de plus parmi les immortels !

Victor ROUSSY.

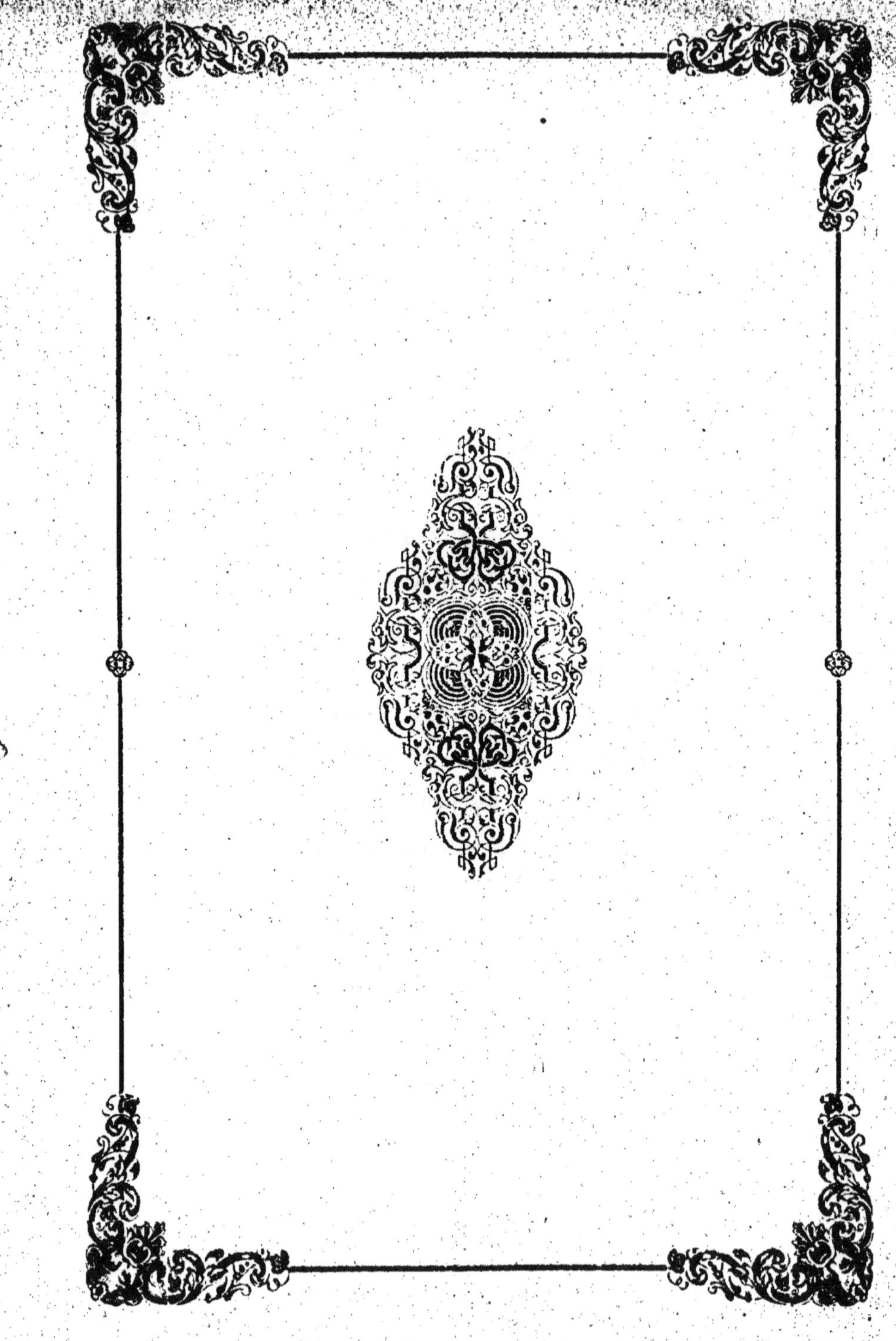